Petit Ours Brun
à la ferme

Hélène Serre • Danièle Bour

bayard jeunesse

Petit Ours Brun arrive
à la ferme de ses cousins.
Il y est allé
quand il était petit,
il se souvient bien.

Près du hangar,
son cousin arrive aussi...
Il conduit le tracteur :
Petit Ours Brun est ébloui !

Dans la cour,
les volailles piaillent
de tous les côtés.
Sa tante rit : – Quel concert
pour ton arrivée !

Petit Ours Brun court
vers le clapier des lapins.
Il dit : – Coucou, c'est moi,
vous me reconnaissez ?

Ici, c'est la porcherie.
Il n'y a pas un bruit.
Petit Ours Brun dit :
– Hé, les cochons,
c'est pas la nuit !

Oh, à l'écurie,
Petit Ours Brun découvre
un poney !
Son oncle dit : – Si tu veux,
tu pourras le monter.

Voilà les vaches !
Petit Ours Brun
n'est pas très rassuré.
Il dit : – Euh... Moi,
je vais aller goûter !

Découvre d'autres aventures de Petit Ours Brun :

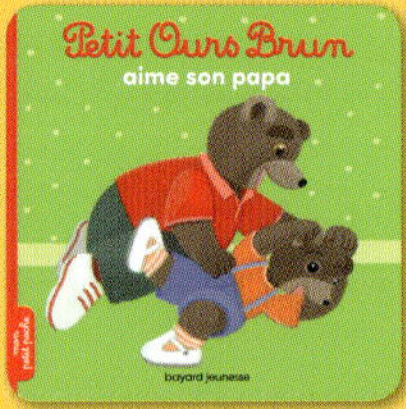

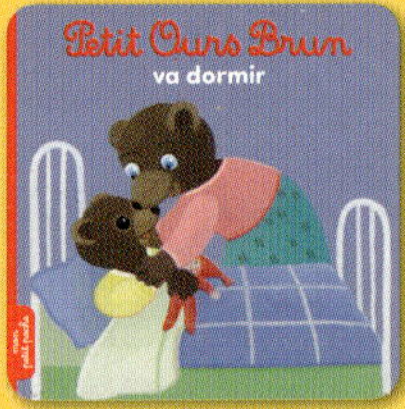